지금처럼 그렇게

김두엽 나태주 시화집

# 지금처럼 그렇게


**초판 1쇄 발행** 2021년 9월 14일
**초판 5쇄 발행** 2024년 10월 1일


**그림** | 김두엽
**시** | 나태주
**펴낸이** | 金滇珉
**펴낸곳** | 북로그컴퍼니
**주소** | 서울시 마포구 와우산로 44(상수동), 3층
**전화** | 02-738-0214
**팩스** | 02-738-1030
**등록** | 제2010-000174호

ISBN  979-11-6803-002-2  03810
Copyright © 김두엽·나태주, 2021

김두엽 * 나태주 시화집

# 지금처럼 그렇게

북로그컴퍼니

나이 들어

늙어서

비로소 아이가

될 수 있었던 사람

게다가 화가까지

될 수 있었던 사람

김두엽 할머니

세상에 없는 축복이에요.


나태주 <축복>

# 이제 나는 시를 알아요

나는 시를 잘 몰라요. 그러니 시인도 알지 못합니다. 나태주 시인이 유명한 시인이라고는 생각도 못 했어요. 나의 첫 책에 추천사를 써준 고마운 분이라고만 생각했지요.

하지만 지금은 알아요. 나태주 시인이 얼마나 아름다운 시를 쓰는지, 얼마나 널리 알려진 시인인지. 이 책에 들어갈 그림을 그리며 손자가 읽어주는 나태주 시인의 시를 들었어요. 그중 <풀꽃>도 있었는데 94세 할머니인 나는 여러 번 듣고 나서야 그 시를 이해했어요. '자세히 보아야 예쁘다'라는 말이 참 아름다웠지요.

내 그림을 보고 나태주 시인이 쓴 시를 읽었을 땐 정말 신기했어요. 내 머릿속에 있는 걸 그린 것뿐인데, 아, 시인은

이런 걸 느끼는구나, 이렇게 시를 쓰는구나, 놀라웠어요. 내 그림이 시가 될 수 있다니, 이제 나는 시를 알아요.

나태주 시인의 아름다운 시와 나의 그림이 들어간 책을 내게 되어 정말정말 기쁘고 영광스러워요. 내 삶에 아주 큰 선물이랍니다.

김두엽

# 두근거림 앞에서

시를 쓰는 사람으로 일생을 살았다고 할 수 있지요. 짧게는 50년. 길게는 60년. 생각해보면 앞부분도 중요하고 중간도 중요하지만 가장 중요한 것은 뒷부분이에요. 올림픽에서의 달리기를 한번 생각해봐요. 출발이 좋고 중간까지 성적이 좋더라도, 마지막 부분에서 뒤지면 헛일이지요. 실패지요.

그건 인생도 그렇다고 생각합니다. 젊은 친구들은 지금 당장 인생이 좋아야 한다고 생각합니다. 그렇지만 말입니다. 더욱 중요한 것은 나이 든 다음이고 더 중요한 것은 늙어서입니다. 여기 할머니가 되어 그림 작업을 시작한 김두엽 화가가 있습니다. 놀라운 일입니다. 아름다운 축복입니다.

그림 에세이를 내신다 하여 축시를 써 드렸지요. 그림을 보자마자 가슴이 두근거렸던 거예요. 그렇습니다. 두근거림이 있는 그림. 김두엽 할머니의 그림이 바로 그랬어요. 두근거림은 생명이고 사랑이고 꿈이지요. 출판사의 청이 있었지요. 김두엽 할머니의 그림에 시를 넣어 시화집을 내보자고. 좋다고 생각해서 나온 책이 바로 이 책입니다.

김두엽 할머니에 대한 응원을 담았습니다. 솔직과 담백과 단순을 아주 잘 표현한 그림들이 독자들에게 많은 것을 생각하게 하고, 많은 것을 느끼게 하고 또 꿈꾸게 하리라 믿습니다. 독자들도 이 책의 그림과 시를 대하면서 솔직과 담백과 단순을 함께 하셨으면 합니다.

2021년 가을에

나태주

2부

✱

지금처럼 그렇게
정답게 살아야지
예쁘게 살아야지

3부

✻

이것이
너의 인생이고
나의 인생
우리들 모두의
날마다의 삶

지금처럼 그렇게

1부

사람이 좋고
햇빛이 좋고
바람이 좋아요

# 그건 그렇다고

누군가 말했다
오늘은 어제 죽은 사람이 그렇게도
살고 싶었던 바로 그 내일이라고

누군가 또 말했다
그렇다면 당신은 지금 죽었다가
다시 태어나 천국에 사는 사람이라고

어린 강아지풀과
노랑 씀바귀꽃과 분홍빛 패랭이꽃이
그렇다고, 그건 그렇다고
고개를 끄덕여주고 있었다.

19

# 둘이서

둘이서 손잡고
꽃나무 아래 갔지요

너도 꽃나무
나도 꽃나무

둘이서 꽃나무 아래
꽃나무였지요.

# 꽃다발

마음을 보여줄 수 없어
꽃을 보여주고

마음을 줄 수 없어
꽃다발을 드리니

부디 거절하지
마시기 바랍니다.

# 밤에 피는 꽃

와!
밤에 핀 꽃이라니!

하늘의 별들이 모두 내려와
나무에 걸렸나보다

짝! 짝! 짝!
별들이 손뼉 치는
소리도 들린다.

# 푸른 산

푸른 산이
너보다
더 예뻐 보이는
날이 있었다

푸른 산이
토해 놓는
푸른 숨소리

받아 마시고
또 마시면
나도 조그만
산이 되지나 않을까?

푸른 산과

하루 종일

마주 서서

눈썹을 맞추고 싶은 날이

내게 있었다.

# 배달 왔어요

뿡뿡

배달 왔어요

구름을 싣고 왔고

바람을 싣고 왔고

가을까지 데리고 왔어요

올해도 좋은 가을

당신이 일한 만큼

행복하시기 바래요.

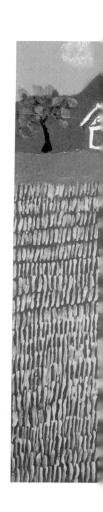

29

# 산책

조금만 함께 가자 했어요
그러나 꽃향기 좋아 풀향기 좋아
멀리까지 와버리고 말았어요

할 얘기가 있었던 것도 아니지요
그저 그런 얘기 이 얘기 저 얘기
서로 나누다가 그만 눈물이 글썽
가슴이 찡하기도 했지요

이젠 돌아갈까 그래요
등 뒤에서 꽃들이 웃고
새들이 웃겠지요.

# 좋아요

그냥 좋아요
힘들게 빨래해서
빨랫줄에 널고
햇볕 바른 날
병아리 암탉
그 곁에
멍멍이 또 그 곁에
잠시 그저 잠시
나란히 의자에 앉아
쉬는 시간
잠시의 휴식
무슨 이야기를 해도
오해가 없고
마음 무겁지 않은
그 누구와 함께
좋아요 그냥

다 좋아요

사람이 좋고

햇빛이 좋고

바람이 좋아요.

# 여보, 세상에

여보, 세상에 많은 기쁨이
우리를 기다리고 있다고
생각지 맙시다

그렇다고 여보, 세상에는 슬픔과 괴로움만
우리를 기다리고 있다고
생각지도 맙시다

그저 덤덤히 사는 거요
될 수 있는 대로 무덤덤히
그저 사는 거요.

# 해수욕장

와
넓은 바다
사람도 많아

그러나 나는
한 번도
가본 일이 없어

꿈속에서만 가끔
가보기도
했던 곳.

# 아침 새소리

아침 새소리를 들으려고
어제 저녁 일부러
일찍 잠들었는데
나보다 한 발 앞장 서
잠 깨어 숲을 흔들고
창을 흔들고
잠든 나를 흔들어 깨우는
새소리
온, 녀석들
부지런하기도 하지.

# 채송화

난쟁이 꽃
땅바닥에 엎드려 피는 꽃

그래도 해님을 좋아해
해가 뜨면 방글방글 웃는 꽃

바람 불어 키가 큰 꽃들
해바라기 코스모스 넘어져도

미리 넘어져서 더는
넘어질 일 없는 꽃

땅바닥에 넘어졌느냐
땅을 짚고 다시 일어나거라

사람한테도 조용히

타일러 알려주는 꽃.

# 아무래도 세상이 마음에 들지 않는 날

바람 부는 날이면 음악을 듣고
햇빛 부신 날은
그림을 그렸다, 혼자서

아무래도 세상이 마음에 들지 않는 날은
초록의 울타리 너머 아이들
노는 거 보러 가야지

줄장미꽃 그늘 아래
장난감 없이도 재미있게 놀고 있는
아이들 소리 들으러 가야지.

## 그냥

사람이 그립다
많은 사람 속에 있어도
사람이 그립다
그냥 너 한 사람.

# 꿈속의 꿈

하루의 고달픈 일과를 접고
지금쯤 꿈나라에 가 있을 아이야
부디 꿈속에서 좋은 세상
만나기 바란다

보고 싶은 사람 보고
하고 싶은 일하고
걱정 없이 웃고 춤추고
노래하기만 하렴
무거운 신발 벗고 맨발로
구름 위를 걷기도 하렴

우리들 세상의
하루하루 날들 또한 꿈
부디 편안한 잠자리
꿈을 꾸고 일어나

내일도 하루 꿈꾸는

세상을 살기 바란다.

# 줄넘기

줄넘기하자 폴짝
이번에는 네가 넘어라
다음에는 내가 넘을게

줄넘기하자 폴짝
친구들아 거기서
구경만 하지 말고
이리 와서 함께 넘자

줄넘기하며
네가 있어야 내가 있고
내가 있어야 네가 있음을
새롭게 배운다.

# 목숨

덥다, 덥다
이 말도
살아 있다는 증거

추워요, 추워요
이 말씀도
고마운 말씀.

# 우리 집 1

우리 집엔 밤손님이 찾아와도
가져갈 만한 물건이 없다
그러나 나에게 우리 집은
궁전과 같다
그것은 우리 집에
밤손님에게 필요한 물건은 없고
나에게 필요한 물건은 많기 때문.

## 나는

나는 이 세상 구경 나온 여행자
하루하루 새로이 떠나고
하루하루 새로이 만나고
하루하루 새로이 돌아온다

이 세상에서 나는 언제나 어린아이
하루하루 새로이 태어나고
하루하루 새로이 자라고
하루하루 새로이 죽는다.

# 참 좋은 날

오늘은 중요한 약속이 있다

아이들과 꽃밭에 꽃모종을 하기로 한 약속

꽃모종을 하고 나서

글짓기도 하기로 한 약속

시간이 남으면 들길로 나가 풀꽃

그림도 그리기로 한 약속

아이들과의 약속은 나를 하늘에 떠 있는

흰 구름 배가 되어 흘러가도록 해준다

그러하다, 아이들은 나를 머언 하늘로 자꾸만

밀어내는 순한 바람결이다

아이들이 나를 기다리고 있다

오늘은 참 좋은 날이다.

# 울림

우리 집 괘종시계가
밤 열 시를 울리고 열한 시를 울린다
그 조용한 울림 속에 잠이 든다
그렇게 30년이 하루같이 흘렀다

안방 침대 위에서 아내가
나직나직 코를 골며 자고 있다
아내의 코 고는 소리에 이끌려
나는 더욱 깊은 잠의 골짜기로 빠진다
그렇게 30년이 한 시간같이 사라졌다

내일도 아침, 괘종시계가
또다시 나직한 목소리로
일곱 시라고 속삭여줄 때
아내와 나는 잠에서
깨어날 것이다.

# 다시 당신 탓

당신 탓으로 몸이 여위어갑니다
밤에 잠이 오지 않을 때 있고
밥맛을 잃을 때도 있으니까요

그러나 당신 탓으로 마음의 부자가 됩니다
당신 생각만 하면 세상이 빛나 보이고
좀 더 살아봐야겠노라 결의도 생기니까요

오늘 나는 여러 번
가슴이 울렁거렸습니다.

2 0 2 1
김두영

# 산길

산에 와서 혼자 부르는 메아리는
대답해주는 사람 없어서 좋데
산에 와서 혼자 듣는 산새 소리는
듣는 이 아무도 없어서 더욱 좋데.

# 인사

우리 마음 변하지 말고 삽시다
그 말부터가 벌써
마음 변했다는 증거.

# 향기로

향기는
자랑하지 않는다

향기는
고집부리지 않는다

다만 하나가 되어
서로를 사랑할 뿐이다

당신,
나의 향기가 되어주십시오.

지금처럼 그렇게

2부

지금처럼 그렇게
정답게 살아야지
예쁘게 살아야지

# 봄밤

꽃 피는 밤이에요
새가 우는 밤이에요

꽃들만 뜰에 두고
혼자서 방에 들어와
잠들기 아쉬워요

새들만 나무 위에 두고
혼자서 방에 들어와
잠들기 미안해요

바람에서도
향내가 묻어나고
사람의 마음에서도
향내가 날 것 같아요.

# 곁에

잠시
네 곁에 머물다
가고 싶다

한 장의 그림처럼
한 소절 음악처럼

너도 내 곁에
잠시 머물다
갔으면 한다.

# 미리 안녕

아침 일찍 일어나

사진을 찍으며

미리 이별의 인사를 해둔다

처음 본 나무에게

풀에게 꽃들에게

혹은 내가 모르는 사람들이 사는

집들에게

새소리에게 바람에게

처음 만났지만

이별의 인사를 해둔다

언제 또다시 오게 될지

언제 다시 보게 될지

오늘 밤 하루 더 묵고 내일이면

떠나갈 이 나라의

모든 것들에게

나에게 맨 처음

서양의 육체를 보여준 것들에게

미리 작별의 인사를 해둔다

내일이면 바빠서

인사를 하지 못할 거야

모든 나무들과 바람에게

그 위의 새소리에게

안녕 안녕

미리 안녕.

# 먼 곳

먼 곳에 갔었다

먼 곳은 낯선 곳

사람도 낯설고

풍경도 낯설고

마을을 가로지르는

넓은 개울물

개울물 위에

커다란 다리

마음도 한 자락

그곳에 두고 왔다

먼 곳이 이제

내 마음속에 들어와

살기 시작했다.

## 사라짐을 위하여

날마다 울면서 기도한다

아침 해와 저녁 해는 얼마나
장엄하고 아름다운 것인가!
그 둘 사이에 얼마나 많은 것들이
새롭게 태어나고 새롭게 죽는가!
아침 해는 저녁 어둠과 별들을 사라지게 하고
저녁 해는 한낮의 모든 것들을 데려간다
무엇보다도 너와 내가
다시 한번 어렵게 만나고
어렵게 헤어진다
잘 가 울지 말고 잘 살아
너무 힘들어하지 마

날마다 마음 조아려 기도한다.

# 차가운 손

어제도 하루 종일
산을 보고 하늘 보고
매미 소리를 들었지만
당신만 생각했습니다

가슴이 따뜻해졌습니다

오늘 아침에도 잠 깨어 눈을 뜨고
하늘 보고 산을 보고
날아가는 새를 보았지만
당신만 생각했습니다

손까지 따뜻해졌습니다.

84

# 물음

나는 무엇을 위해 살았는가?


내가 좋아하는 사람을 위해

내가 좋아하는 일을 위하여

내가 좋은 느낌을 좇아서


더러 나는 내가 좋아하는 사람

내가 좋아하는 일이나 느낌이

내게서 떠날까 봐 조바심하면서


사람 사는 일이 참

별 것도 아닌 걸 압니다.

# 재회

눈물 번질라
창밖에 부신 햇빛
창 안에 고운 눈빛

우리 다시
헤어지더라도
너무 힘들게는
헤어지지 말자.

# 파도

바위는 언제나 그 자리
그대로 있지만
파도는 저 혼자 애가 타서
거품을 물고 몰려와서는
제 몸을 부수고
산산조각으로 죽는다

오늘 너를 두고 나의 꼴이다.

# 눈이 삼삼

예쁘구나 눈이 삼삼
서로 닮고 닮지 않아
더욱 예쁘구나

꽃이구나 알록달록
고운 옷 예쁜 모자
게다가 신발까지

지금처럼 그렇게
정답게 살아야지
예쁘게 살아야지.

# 코스모스

코스모스꽃은 분홍 하양

어쩌다 빨강

키가 큰데 목까지 길어서

조그만 바람에도 몸을 흔들어요

살랑살랑 부는 바람

코스모스 꽃나무를 흔들어요

어디론가 떠났던 가을바람이

돌아왔어요

햇빛도 그래 그래

가을이 왔구나

함께 와서 생글생글

웃는 얼굴 좋아해요.

# 닮은꼴

토끼는 두 마리
나비도 두 마리

토끼는 풀숲에
나비는 하늘에

서로 다른
나라에 살지만

둘이서 정답게
사는 것이 닮았다.

# 별들도 아는 일

너의 생각 가슴에 품고
너를 사랑하는 한
결코 나는 지구를 비울 수 없다

그것은 나무들이 알고
별들도 아는 일이다.

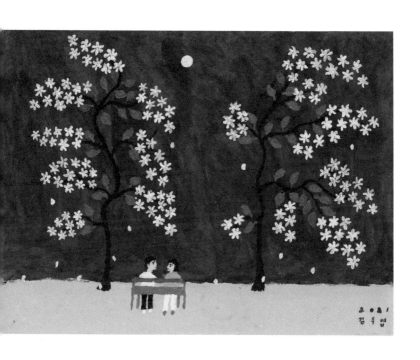

# 옛집

옛날에 살던 집, 옛집
옛집은 보이지 않는다
더 이상 세상에는 없는 집
그러나 가끔씩 보인다
혼자일 때
외로울 때
몸이 아프고 정신이 맑을 때

좁은 마당에 감나무 두 그루.

# 풀밭 속으로

옛날에, 여기 길이 있었지. 그 길로 사람들의 이야기가 지나가고 더러는 새파란 삼각뿔모자를 쓴 별들도 내려와 놀다가곤 했었지.

옛날에 옛날에, 여기 사람의 마음이 살았지. 그 마음결 곁에 눈물도 찾아와 반짝이고 더러는 솜털이 보송보송 귀여운 기쁨들도 따라와 콩당콩당 뛰어놀았지.

더 아주 옛날에.

# 산 너머

저 너머
저 산 너머
누가 누가 사나?

눈이 밝은 애
귀가 맑은 애
살겠지

보고 싶어
산새 두 마리
울며 난다
짹째글 짹째글.

# 노랑

찰랑찰랑 차오르는 봄

노랑으로 채웠다

들판을 채우고

마을을 채우고

마지막 남는 들길

마을 길까지

노랑으로 채웠다

노랑은 봄이 되어

하느님이 맨 처음

돌려주시는 선물

노랑아

노랑 유채꽃들아

많이 많이 채우더라도

하늘까지는 채우지 마라

들판 위에 조그만

집 한 채

나무 몇 그루

그 위에 새들일랑

지우지 마라.

# 아름다운 소비

인생은 어차피 소비다
나는 너를 소비하고
너는 나를 소비하고

그렇지만 너는
아름다운 소비
언제든 거부할 수 없다.

# 1월 1일

화분에 물을 많이 주면 꽃이 시들고
사랑도 지치면 사람이 떠난다

말로는 그리하면서
억지를 부리고 고집을 세우고
뭐든 내 맘대로 해서
미안했다 네게 잘못했다

새해의 할 일은
너의 생각을 조금만 하는 것
너에게 말을 적게 하고
사랑 또한 줄이는 것

그리하여 너를 멀리 멀리
놓아 보내는 일
너에게 날개를 달아주는 일

잘 가라 잘 살아라
허공에 날려 보낸
풍선을 보면서 빈다.

# 네 앞에서

나는 네 앞에서
턱없이 나이도 잊고
수줍어하는 소년
얼굴 붉히며
말을 더듬는 소년

무슨 말을 먼저 해야 좋을지?

그러나 너는
내가 말하기도 전에
내 말을 잘도 알아듣는다.

2021
김두℡

# 친구

바람은 갈대의 친구
갈대들 온종일
심심하게 서 있을 때
바람이 찾아와 놀아준다
갈대는 친구가 좋아
춤추기도 하고
노래 부르기도 한다.

# 고향

몸이 아파 병이 깊으면 지금도 나는
고향인 서천의 신한의원이나 경북한약방에서
한약을 지어다 먹는다, 그러면
병이 쉬이 낫는다

이번에 서울에 있는 딸아이가 아팠을 때
공주에 있는 연춘당한의원에서
약을 지어다 먹고 몸이 좋아졌다, 그것은
딸아이의 고향이 공주이기 때문에 그렇다

사람이 몸이 아프거나 병이 들었을 때
약을 지어다 먹을 시골의 한의원 한 군데쯤
있다는 건 좋은 일이다.

# 추억

지나간 날은 돌아볼 가치조차 없다고 말하는 사람이 있습니다

오직 소중한 것은 현재일 뿐이라고 힘주어 말하는 사람도 있습니다

그러나 나는 현재나 미래를 사랑하는 것만치나

지나간 날들을 사랑합니다

추억을 사랑합니다

우리는 누구나 추억 속의 인물이고 추억 속의 풍경입니다

추억의 아름다운 아들딸들입니다

나는 당신 추억의 배경이요 당신은 내 추억의 주인공입니다

나는 당신의 현재나 미래를 아끼고 사랑하는 것만치

당신의 추억 또한 아끼고 사랑하고 싶습니다

지금 비록 당신은 나이가 든 사람이지만 추억 속의 당신은 눈이 부시도록 푸르른 젊은이였고 한때는 철없이 귀여운 어린아이였다는 것을 알기 때문입니다.

결국 오늘의 당신을 사랑한다는 것은 당신의 지난날들과 그 추억까지도 고스란히 받아 안아 사랑한다는 말에 다름 아닙니다.

# 가을 햇빛

당신 얼굴의 잔주름이
이렇게 많은 줄
미처 몰랐구려

내일도 우리 다시
만날 수 있었으면
좋겠습니다.

202
김두영

# 꽃향기

키 큰 애들
키 작은 애들
사이좋게 노는
모습 보기 좋아

나비
나비 한 마리
살그머니 날아와
꽃향기 맡고 간다

키 큰 애들 향기
키 작은 애들 향기.

지금처럼 그렇게

3부

이것이
너의 인생이고
나의 인생
우리들 모두의
날마다의 삶

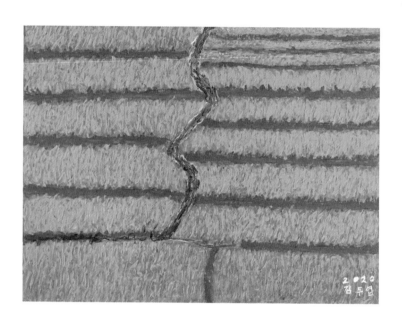

126

# 밥

밥은 어머니

어머니 사랑

어머니 밥 지을 때

구수한 냄새

어머니 냄새

집 떠나 떠돌 때도

그 냄새 잊지 못해요.

# 엄마의 말

아가야 미안해

그렇지만 아가야
엄마가 지켜보고 있으니
너무 걱정하지는 말아라

아가야, 사랑한다.

# 수선화

봄날의 요정
노랑 등불
하나씩 들고

내가 왔어요
올해도 봄이 되어
내가 왔어요

수선화 소리 없는
나팔을 분다
황금빛 소리로.

# 새들이 왔다

덤불이 좋고 물이 좋아
고기가 사니
새들이 왔다

매일 나, 버스 타고 오고 가는
길가 개울에
저것은 원앙이사촌
저것은 논병아리
오, 또 저것은 청둥오리

우리들의 겨울 한복판
우리 옆에 와 겨울을 함께 살기 위해
우리의 이웃들이 돌아왔다
보금자리 틀어 새끼 치러 왔다

사람들아 행여

저들을 놀라게 하지 마라

올무 놓아 함부로 잡을 생각을 마라

저들은 이미 우리의 형제

가족들이 아니겠나!

# 남은 터

농사짓고
남은 터에
집을 짓던 시절이
있기는 있었는데
지금은
집을 짓고 남은 터에
농사지으며 산다.

# 우리 마을

작은 마을이라고
깔보시면 안 돼요
좋은 것은 다 있는 게
우리 마을

씩씩한 우리 아빠
송아지 끌고
예쁜 우리 엄마
집을 지키고

나는 나는야
오빠 손잡고
오리 구경 가요

오리는 또 세 마리
아빠오리 엄마오리
아기오리.

# 소망

비 오는 날이나
흐린 날이라 해도
구름 위에 분명 태양이
빛나고 있을 거라는 믿음이
하루하루 우리를
견디게 한다

달도 없는 밤
하늘 위에 별들이 분명
반짝일 거라는 생각이
때로 우리를 먼 땅으로
떠나게 한다

별에 이르지 못한다 해서
별이 소용없는 거라고

우기지 말자
별을 바라보며 눈물
글썽임만으로도 우리의
몫은 충분한 것이다

홍수 저 강물이 흐려지고 넘쳐나도
다시 강물이 맑아지는 것은
어딘가 맑은 샘물이
솟고 있기 때문이다.

# 꽃밭 귀퉁이

해바라기보다는 봉숭아
봉숭아보다는 채송화

쪼그리고 앉아서 눈을 맞추며
안녕 안녕 잘 있었니?

눈을 맞추고 웃으면
사랑해 사랑해 말해주면

채송화꽃이 웃고
봉숭아꽃도 웃고

해바라기 해바라기꽃까지
따라서 웃는다.

# 좋았을 때

식모살이하는 사촌이모
만나고 오는 길이었던가

숲길을 지나다가
새소리 만나면 멈춰 서서
새소리에 귀를 팔고

개울을 건너다가
물 위에 잠방대는 물고기 만나면
물속 좀 기웃거리고

집에 돌아왔을 때는 이미
장지문에 불빛이 환히
물들어 있었지

그때는 마음속에

숲이 있고 개울이 있고

새들과 물고기들 살고 있음을

아직은 몰랐을 때

거 참 좋았을 때.

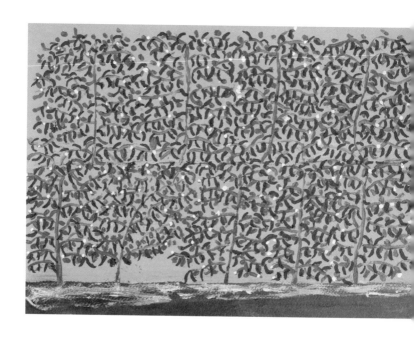

# 태양초

하늘 닿는 마음
하늘까지 고추가
열렸네

해님 닮은 마음
해님이 내려와
주렁주렁 열렸네.

146

# 오해

꽃밭에 팔 벌린
허수아비

무엇 지키려고
팔을 벌렸나?

벌 나비 못 오게
지키는 건 아니겠지?

# 아버지의 집

어머니, 파리 두어 마리쯤은

잡지 말고 그냥 두세요 모처럼

여름날 고향집에 돌아가

사랑방 문을 열어젖히고

낮잠이라도 잘 때

파리 두어 마리쯤 앵앵앵

소리 내며 날아다닐 때 아,

비로소 아버지의 집에

어머니의 집에 내가 돌아왔구나

분명하게 느낄 수 있으니까요

그래야만 더욱 깊고도 편안한

낮잠의 골짜기로 빠져들 수 있을 테니까요

어머니, 오래 묵은 나무 기둥에

구멍을 파서 집을 짓고 알을 낳는

나나니벌은 더더욱 잡지 마세요

그는 어려서부터 제 좋은

친구였거든요.

# 매미

날이 가물어서

살판난 것은

매미들이다

해가 뜨기 전부터 일찍 깨어

울어대는 매미

스적스적 우는 녀석

왕왕 우는 녀석

고단한 잠자리

나의 혼돈을 흔들어 깨운다

세상은 참 공평하기도 하시지

한쪽이 허하니

어딘가 다른 한쪽이

또 그렇게 맑은 소리의 샘물로

채워진다는 사실

오늘 하루도 함부로

살아서는 아니 되겠다.

# 그렇게 묻지 마라

그동안 무엇을 하며 살았느냐 묻지 마라
그것은 인생에 대한 모독이다
정이나 묻고 싶으면 어떻게 살았느냐 물어보라
더 나아가 무엇을, 어떻게 하며 살았느냐
그리 물으면 더욱 좋을 것이다

그동안 무엇을 보았느냐 들었느냐 묻지 마라
그것은 사람에 대한 절망이다
차라리 무엇을 느꼈느냐 물어보라
그러면 세상이 좋았는지 슬펐는지 대답이 나올 것이다.

# 관광지

세상 참 좋아졌지
어디 딴 나라
외국에라도
온 듯한 느낌
그곳에 가면
모두가 새롭고
예쁘지만
나만 혼자 낯설고
외로운 사람
별나라 온 사람.

# 빈집

아무도 없다

그래도 선뜻
발길 들일 수 없는 것은
저 붉은 장미
담장에 피어
이쪽을 보고 있기 때문이다

푸른 나무도 그 옆에서
집을 지키고 있기 때문이다.

# 새봄의 어법

새봄에는 반말을
하지 맙시다

나이 어린 사람에게도
안녕하신가?
만나서 참 반가우이
부드럽고 정겨운 말을 건넵시다

새봄에는 찡그린 얼굴을
하지 맙시다

조금 섭한 일 있던 사람에게도
그동안 별고 없으셨나요?
요즘은 어떻게 지내시는지요?
따뜻한 손 내밀어 마주 잡읍시다.

# 옛날

옛날
아주 옛날
기와집 짓고 살 때

고개
고개 넘어
집 떠나는 딸아이

노랑 저고리
빨강 치마
차려입고

멀리
멀리서 보며
울기도 했네

잘 가라 아가야
잘 가서
잘 살아라

네 어머니
어머니
그럴게요 그럴게요.

# 어떤 집

댓돌 위에 신발이 셋
세 식구 사는 집

마당 위에 노는
닭도 세 마리

나뭇가지 위에
까치도 세 마리

그런데 강아지는
한 마리

화분은 또
두 개.

# 그래도 그리운 날

아이들 군것질감
사주려고 심심풀이 다니던
일터가 아니었어요

여러 식구 함께
밥 먹고 살기 위해
다니던 일터였어요

하루 종일 팔다리 어깨
아프게 일하다가
일손 놓고 돌아오는 길

집이 가까이 마음이
더 가까이 와 있었어요
얼른 가야지 아이들을 만나야지

돌아보아 그래도

그런 날이 그리운 날이었어요

다시는 돌아갈 수도 없는 날들.

# 우리 집 2

숙이야
느이 집이 어디냐?
느이 집은 교회당 옆집

영이야
느이 집은 어디냐?
숙이네 집 옆집

숙이네도 영이네도
자동차가 있지만
우리 집만 자동차가 없단다

그렇지만 우리 집은

빨강 지붕이 예쁜 집.

# 나무, 오래된 친구

　나무라도 키가 큰 나무, 울울창창 자라 그늘이 짙고 밑동이 아름으로 자란 나무. 그런 나무 아래 앉으면 나는 그만 꿈꾸는 사람이 되어 멀리 멀리 떠나가 아직 모르는 낯선 나라를 헤매는 마음이 된다. 머언 바람 소리, 강물 소리, 산악을 스치는 우레 소리를 듣고 새소리, 물소리, 물속을 헤엄치는 물고기의 지느러미 소리를 듣는다.

　나무보다 더 커다란 덕성을 지닌 목숨이 어디 있을까. 그 무엇에게도 손해를 끼치지 않고 오직 도움만을 자청하는 어진 생명. 새들을 깃들이게 하고 바람을 불러오고 때로는 구름의 보금자리를 마련해주는 나무. 나무 사이로 보이는 하늘 또한 얼마나 아스라이 높고 밤하늘의 달빛이며 별빛은 또 얼마나 눈부신 것이었던가.

나 어려서 어려서 열여섯 살 공주사범학교 1학년 학생일 때. 학교 낡은 교사 뒤 쓸쓸한 실습지에 외따로 서 있던 두어 아름 크기의 나무. 처음 보는 나무라서 그 나무 이름 목백합이라는 걸 나중에야 알았지만 그 나무 아래 앉아 나는 얼마나 많은 것을 꿈꾸는 아이였던가. 얼마나 가슴 부푼 아이로 행복했던가.

　한 번도 가보지 못한 유럽. 그 유럽의 한 나라에서 태어난 헤르만 헤세, 혹은 라이너 마리아 릴케란 이름의 시인을 그리워한 것도 그 나무 아래서였다. 아, 나무는 스스로 꿈꾸기 좋아하는 아이. 사람을 불러들여 더불어 꿈꾸게 하는 또 하나의 인격. 나무는 얼마나 의젓하고 정다운 우리의 이웃이며 얼마나 그립고도 좋은 친구인가.

나 이제 나이 든 사람이지만 문득 자전거 타고 가다가 자전거 세워놓고 초록 물 질펀히 들어가는 나무 아래 쪼그려 앉아 소년 시절 미처 다 꾸지 못한 꿈을 꾸기로 한다. 나무여, 그대가 있어 나는 외로워도 외롭지 않았고 혼자라도 혼자가 아닌 사람이었다오. 그대로 하여 행복했다. 진정 고맙구려, 오래된 친구.

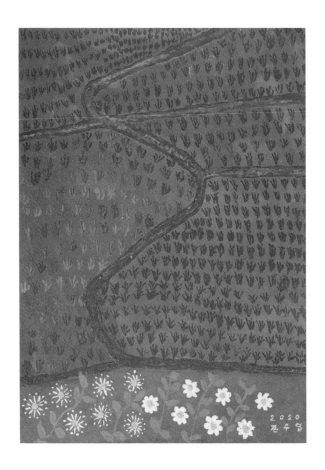

# 논둑길

마음이 간다
사랑이 간다
사람의 발걸음도
따라서 간다
비틀거리지 마라
비틀거리지 마라
무논에 자라는
벼들이 보고 있단다.

# 칭찬해주고 싶은 날

그런 날들도 있었지

날마다 남의 옷가지
빨아서 해진 곳 찾아서 깁고
다리고 다듬어
새 옷으로 바꾸던 시절

돌아보아 고달프긴 했어도
세상을 깨끗하게 만들던
날이었다네
이제는 돌아갈 수 없는 날들

내가 나를
칭찬해주고 싶어요
잘했어요
참 잘했어요.

# 누군가의 인생

어딘지 모르고 가고
누군지 모르고 만나고
무슨 일인지도 모르고 하는 일들

그래도 우리의 하루하루는
엄중한 날들
오직 하나뿐인 인생

너 자신을 아껴라
너 자신을 위로하고
칭찬하고 또 껴안아주라

할 수만 있다면
10년 뒤의 너 자신의 모습을
가슴에 품고 살아라

그러다 보면 어느 사이엔가

10년 뒤에 네가 되고 싶은

너 자신이 될 것이다


이것이 너의 인생이고

나의 인생

우리들 모두의 날마다의 삶이다.